Francisco Pizarro
ou
Le triomphe
de la barbarie moderne

Bernard Leclère

Francisco Pizarro
ou
Le triomphe
de la barbarie moderne
Roman

© Lys Bleu Éditions – Bernard Leclère

ISBN : 979-10-377-7299-2

Le code de la propriété intellectuelle n'autorisant aux termes des paragraphes 2 et 3 de l'article L.122-5, d'une part, que les copies ou reproductions strictement réservées à l'usage privé du copiste et non destinées à une utilisation collective et, d'autre part, sous réserve du nom de l'auteur et de la source, que les analyses et les courtes citations justifiées par le caractère critique, polémique, pédagogique, scientifique ou d'information, toute représentation ou reproduction intégrale ou partielle, faite sans le consentement de l'auteur ou de ses ayants droit ou ayants cause, est illicite (article L.122-4). Cette représentation ou reproduction, par quelque procédé que ce soit, constituerait donc une contrefaçon sanctionnée par les articles L.335-2 et suivants du Code de la propriété intellectuelle.

Génocide espagnol

L'Empire Inca, le plus vaste empire des Amériques, avant l'arrivée des Espagnols en 1520, un des plus structurés administrativement et militairement, s'est écroulé en peu de temps. La population des Amériques est passée de 80 millions à 10 millions d'individus. Aucun des grands massacres du vingtième siècle ne peut être comparé à cette hécatombe.

La chute démographique s'explique par l'introduction du virus de la variole qui était à cette époque déjà catastrophique dans l'ancien monde et contre lequel les populations autochtones n'étaient pas immunisées.

La volonté de vouloir convertir ces Amérindiens au christianisme a complété l'extermination de populations réfractaires à cette religion aux antipodes de leurs croyances.

C'est la cupidité de ces hommes de l'ancien monde, aveuglés par l'or qu'ils voulaient se sortir par le haut de la médiocrité de leur condition.

Cajamarca ou comment l'impossible devient possible

C'est un coup de bluff de Francisco Pizarro. Il a toujours été un joueur impénitent, mais cette fois il s'agissait de jouer sa vie et de celles de ses hommes qui l'ont suivi au-delà de la déraison, sur un coup de dé. Il a régulièrement perdu au jeu. Il a même fallu attendre trois semaines, sa sortie de prison pour dettes, pour qu'il puisse enfin s'embarquer. Mais c'est justement aujourd'hui qu'il devait saisir sa chance ultime, face à ce presque dieu qu'est « l'Inca », la partie ne devait pas être perdue, même si elle paraissait complètement déraisonnable et même impossible à gagner.

Durant la nuit, Francisco fait un bilan de sa vie qui, selon toute vraisemblance, a toutes les chances de se terminer lamentablement demain. Il est vieux (57 ans), ce qui à l'époque était l'âge moyen de la fin de vie. Mais il a une irrésistible envie de revanche sur la vie qui, jusqu'à présent, a été une suite d'échecs à cause de sa modeste condition.

Enfance de Francisco

Naissance le 16 mars 1475 à Trujillo (petite ville du centre de l'Espagne), fils naturel de l'officier d'infanterie Pizarro Rodriguez de Aguilar (membre de la petite noblesse) et d'une fille de mauvaise vie.

Même s'il avait trois frères, ceux-ci sont nés bien après lui et son enfance fut solitaire, il a toujours pris les décisions seul.

Gonzalo, son premier frère, est né 27 ans plus tard.

Son enfance et son adolescence furent une période durant laquelle il a affronté la misère et les privations. Pour pouvoir survivre et manger chichement, il a dû garder les pourceaux. À l'âge de quatorze ans, il gardait un troupeau de porcs chez son oncle. Il était seul, pauvre et illettré. L'unique ami qu'il avait alors était un vieux verrat qui dirigeait ses congénères comme un autocrate, il était fasciné par la façon de régenter son monde. La comparaison de la vie en communauté des animaux était le reflet du fonctionnement de la société humaine.

Il lui avait donné le nom de l'empereur romain, Néron. Il apprit à régler les conflits avec ce cochon qui était devenu sa vraie et seule famille, l'art du commandement (un vrai chef est toujours seul). Il restait des heures à observer comment son ami se faisait obéir et respecter. Il dirigeait son harem en dictateur sans partage, quand une favorite prenait trop de pouvoir, il s'empressait d'en trouver une autre pour la remplacer. Ce premier apprentissage de la vie, il l'a fait en observant attentivement le quotidien de cette communauté et surtout l'attitude de son chef pour garder l'ascendant sur ses sujets.

Néron avait envers son ami une attitude qui était nouvelle pour Francisco : c'était l'absence de mépris et une certaine considération. Ce mépris qui sera pour lui insupportable tout au long de sa vie, que ce soit quand il fut face à Charles Quint pour lui demander son appui dans l'expédition ou quand il sera devant « l'Inca ». Il était important que cet empereur d'opérette le traite avec mépris et perde cet affrontement à cause de son orgueil.

Un lundi matin, son oncle arriva accompagné du charcutier du village, une brute, vêtu d'un long tablier blanc et armé d'un grand couteau brillant et affûté.

« J'ai une bonne nouvelle à t'annoncer, nous allons remplacer le vieux mâle qui commence à être moins performant et devient méchant avec l'âge. Nous en profiterons pour découper ce cochon, faire du boudin et partager la viande avec Miguel notre charcutier. Cela nous changera de notre régime de haricots et de quelques morceaux de lard. »

Néron fut bientôt immobilisé par mon oncle et le charcutier. Son regard affolé et désespéré me suppliait de l'aider, moi son unique ami.

Ma lâcheté me paralysait et durant une demi-heure, j'ai assisté, impuissant, à l'égorgement de mon seul ami qui, poussant des cris désespérés, n'a pas cessé de me fixer d'un air de reproche et de déception. Ce regard me poursuivra jusqu'à ma mort. Je me suis promis, quoi qu'il m'en coûte, de rester toujours fidèle à mes amis.

Lorsque le silence se fit, je savais que je venais de perdre ma seule et vraie famille. Le reste du travail du charcutier se déroula dans ma plus totale indifférence.

Le lendemain, je quittai mon oncle et suivis des colporteurs qui avaient besoin de bras.

Au contact de ces hommes, j'ai appris rapidement à interpréter ce qui se cache derrière les mots. J'ai surtout assimilé l'intention déguisée des escrocs de tout genre. J'étais devenu en quatre ans un parfait filou et la police du roi avait déjà envoyé aux galères deux de mes complices.

Aussi, par prudence à 18 ans, je me suis engagé dans l'armée car sinon, je risquais de rejoindre mes comparses dans les prisons du monarque.

C'était l'époque des guerres d'Italie et l'armée espagnole avait besoin d'hommes. Charles Quint devait former des soldats pour intervenir en Italie et contrecarrer l'offensive de François 1er dès 1494, la formation des troupes était rapide et si on en voulait vraiment, on pouvait monter en grade rapidement. L'armée espagnole était considérée alors comme la plus disciplinée et la plus efficace, mais aussi cruelle et brutale, au moins autant que celle des Français.

Brutalisation de la guerre

Avant 1494, les guerres étaient longues, les batailles peu sanglantes et les manières d'enlever une place forte, lentes et difficiles. Les moyens de l'artillerie et les armes sont devenus plus performants, mais en même temps le coût de la guerre augmenta de manière exponentielle et il a fallu faire appel à des banquiers qui ont vu là l'opportunité de se rendre indispensables et d'avoir une place de choix dans le royaume. Cela a décuplé leur fortune en leur donnant un pouvoir politique immense.

Le temps d'une campagne devait être alors le plus court possible ; il s'agissait de faire comprendre aux populations et aux troupes ennemies qu'il leur en coûterait cher de résister à l'armée royale. Les « mise à sac » de villes et le massacre de soldats ou de civils sont commis pour l'exemple, mais surtout pour pouvoir dégager des profits et rembourser les dettes contractées. Le pillage des œuvres d'art, du patrimoine de la ville et de ses habitants permettait de rentabiliser les expéditions. Le viol des femmes et la mise à sac des habitations étaient la récompense des soldats et soudards que la discipline de l'armée avait brimés.

C'est dans cet environnement que Francisco s'est fait une place et surtout des relations. C'est dans cette armée qu'il a mis en pratique ce que lui avait appris son ami Néron et sa collaboration avec ses complices de galère. Cela lui a permis de devenir un chef et un leader incontesté.

En même temps, il est devenu insensible à toutes les atrocités qui se déroulaient quotidiennement. Il y a compris qu'il n'y avait pas de place pour la pitié et que l'on devait exploiter au maximum chaque opportunité. L'obscurantisme du Moyen-Âge qui fait alors place à la barbarie moderne où la charité n'est pas de mise, bien que tout est censé être fait pour la gloire de Dieu. L'inquisition veillait à ce que chaque combattant participe à une messe avant chaque affrontement important. Après chaque massacre, l'absolution leur était donnée. Le souvenir atroce de la tuerie d'une famille le hante encore certaines nuits. C'était 3 ans après son incorporation, son grade de sous-officier ne lui donnait pas assez d'autorité sur ses hommes pour leur faire respecter certaines valeurs. Dans une villa investie par dix de ses soudards se trouvait une femme enceinte entourée de deux fillettes. Ivres de vin et de l'odeur du sang, ils plongèrent leurs dagues dans le ventre tendu de la femme et sortirent en riant l'enfant qui commençait à prendre forme humaine. Les hurlements de la mourante déstabilisèrent Francisco qui, comme un automate, planta son épée dans le corps de la femme pour abréger ses souffrances, il tua les fillettes de la même façon pour leur éviter les tortures que n'auraient pas manqué de leur infliger ses hommes. Finalement, la mise à mort de Néron a été faite proprement. Il est resté 20 ans dans l'armée et a participé pratiquement à toute la campagne d'Italie. C'est devenu un capitaine respecté, aimé par ses hommes et redouté par ses adversaires, car sans aucun état d'âme. La discipline de fer qu'il imposait lui a permis de réaliser bien des exploits. Quand il avait pris une bourgade, ses hommes avaient tous les droits, ce qui lui apportait un respect démesuré, il y a le temps de l'obéissance et celui du défoulement.

Durant ce temps, il s'est lié avec ceux qui allaient devenir ses complices et ses compagnons dans cette grande aventure.

Diego de Almagro, qui fut le soutien indispensable de Francisco dans toutes les expéditions et toutes les conquêtes. Son rôle a surtout consisté à fournir Francisco en hommes, en provisions et en bateaux. Il va plusieurs fois secourir son partenaire en mauvaise posture lors de sa première et deuxième expédition. C'était aussi un filou à qui l'appât du gain pouvait faire perdre la raison. Almagro, comme Francisco, était un bâtard, sa mère l'abandonna rapidement et c'est son oncle Hernan Gutierrez qui l'éduqua à coups de fouet. Quand il en eut assez de ce régime, très jeune, il fut valet à Tolède, étant de caractère difficile, un coup de couteau l'obligea à s'enfuir à Séville. Là, il s'embarqua et prit part à de multiples expéditions. Il s'engagea comme simple soldat et devint expert dans le maniement des armes. C'est en participant au combat qu'il remarqua Francisco pour son analyse des situations délicates. Une amitié se créa alors, des aventuriers sans foi ni loi devaient unir leurs efforts.

Hernando de Luke, un religieux espagnol qui s'enrichit dans les affaires. C'est le principal bailleur de fonds de l'opération.
En 1528, il obtient du roi de devenir le futur évêque de Tumbez. Son charisme et sa persuasion face au roi sur l'évangélisation de ces sauvages étaient pour celui-ci un gage de leur docilité à la couronne.

Francisco avait toujours vécu solitaire, mais pour entreprendre une si grande épopée, il lui fallait une famille. Oublié sur le testament de son père, il était allé à Trujillo se chercher quatre frères. À Trujillo, il se mit en relation avec le seul fils légitime de son père, Hernando qui lui ressemblait beaucoup, une grande différence d'âge les séparait pourtant. Hernando avait pris sous sa protection deux autres bâtards de son père : Juan et Gonzalo. Il se trouva un quatrième frère fils de sa mère, Francisco Martin.
Ce sera sa famille qui sera l'ossature et les seuls confidents de sa colossale entreprise.

Présentation au roi Charles Quint

En 1528, Diego de Almagro laisse partir seul Francisco pour légitimer leurs futures conquêtes. Connaissant la volonté sans faille de son associé, il a bien conscience que sa force de persuasion saura décider Charles Quint dont la soif de pouvoir et d'or est sans limites.

L'avenir de toute sa vie allait se jouer sur la façon de présenter son expédition de la dernière chance et surtout de légaliser les conquêtes et de se faire un titre de noblesse lui qui a toujours souffert d'être un paria. Il devait surprendre, séduire, susciter l'appétit de conquête et surtout d'or chez ce monarque dépensier et imbu de sa personne. Bien qu'illettré, Francisco était un fin psychologue.

La préparation de cette entrevue devait faire sensation sur le souverain, la reine mais aussi sur toute la cour de ce roi orgueilleux.

Après avoir obtenu suffisamment de soutien financier de ses bailleurs de fonds, une représentation grandiose s'organisa.

Sur la route de Tolède, Francisco est à la tête d'un étrange cortège. Il marche devant, droit et fier sur son cheval, qui comme s'il prenait conscience de la situation se faisait le plus imposant possible. Deux lamas sont tenus par des longes rouges qui font ressortir le blanc immaculé de leur soyeuse et précieuse toison. Ils ont un air de demoiselles précieuses avec leurs yeux de biche.

Trois charrettes tirées par de lourds et forts chevaux, entourées par une quinzaine de soldats armés jusqu'aux dents sont remplies d'objets inouïs et inconnus et suivent le cortège.

Sur le banc de l'une d'entre elles se trouvent des Indiens habillés de vêtements bariolés. Ils redressent la tête et toisent les curieux de plus en plus nombreux. Le spectacle est vraiment insolite et les femmes sont subjuguées par ces êtres athlétiques. « Ce sont presque des hommes, tellement ils sont beaux. »

Après trois jours de marche sous une chaleur étouffante, la ville de Tolède est soudain comme une apparition divine, éclatante sous le soleil. C'est une énorme masse de brique avec en son sommet l'Alcazar, masse imposante qui semble écraser l'ensemble.

À plusieurs longueurs se trouvent ses frères, Hernando et Juan. Cela le rassure, il n'est plus seul à affronter la responsabilité du pouvoir. Ils ont répété toute la nuit précédente, chaque geste a été refait durant neuf heures d'affilée. La façon de s'agenouiller à chaque passage devant les représentations de la Vierge ou du Christ. Tous étaient dans l'obligation de se plier à ce rituel, que ce soient ses frères ou les Indiens, ce devait être sans fausse note et devenir un réflexe.

Les voilà arrivés devant l'Alcazar, avec un immense soulagement, ils quittent la foule de plus en plus dense qui les suivait en une bruyante procession. On les introduit dans les magnifiques jardins royaux. Francisco a les mains moites et soudain toute son assurance l'abandonne, maintenant qu'il est aux portes du paradis. Lui qui a toujours affronté les épreuves avec morgue et défi. Il n'ose pas aller plus loin.

Quand enfin, on les introduit dans la salle d'audience, devant ce parterre de grands d'Espagne, devant la reine et surtout le roi. Le visage de Charles Quint est figé, ce roi qui domine le monde a un air quelconque, un menton large et puissant lui donne une face balourde, mais il a un regard lumineux et des yeux qui ont l'air de transpercer tout, les hommes comme son environnement immédiat.

Soudain, Francisco se souvenant d'où il vient, face à ces courtisans dont le seul mérite est d'être bien nés et dont les bouches pour l'instant sont ouvertes pour le rire et le mépris pour ce minable militaire aux vêtements élimés et à la ridicule unique plume verte plantée sur son chapeau. Les dames aux grands cols de perles et de dentelles contemplaient ces individus sales et rustres avec condescendance comme un taureau entrant dans l'arène pour être exécuté.

C'est un brouhaha de messes basses qui les accueille, chacun chuchote son commentaire pour donner son impression sur ces êtres venus d'un autre univers. Sur un geste du roi, un silence de mort plane alors dans cette salle aux dimensions interminables. Les objets d'or, les statues, les poteries, les tissus colorés et les laines légères et vaporeuses sont étalés sur une table longue et large. Dans cette salle immense, le nombre de ces objets paraît maintenant bien faible face à tout ce qui la décore : elle est surchargée de meubles, de tapisseries, de tentures, de peintures et d'objets divers, tout y est magnifique.

Francisco se tourne vers le trône. La reine a un léger sourire, mais le regard de Charles Quint est impassible et ne traduit aucune émotion. Francisco plie sa maigre carcasse et frôle le sol de la plume verte de son chapeau dans un salut qui se veut majestueux.

La voix du roi est posée et déliée. « Nous vous écoutons, capitaine Pizarro. » Le silence qui suit est presque assourdissant.

Francisco semble incapable d'articuler un mot. Un malaise parcourt un instant l'assistance, mais trouvant une volonté qui ne l'a jamais abandonnée, avec un geste théâtral, il s'adresse au monarque droit dans les yeux. « Votre Altesse, j'ai découvert un pays où l'or coule à flots et qui fera la fortune de l'Espagne pour les siècles à venir. »

Des gloussements fusent dans toute la salle venant des courtisans que l'intervention précédente du roi avait figés. C'est la voix de la reine qui arrête instantanément les ricanements. « Capitaine Pizarro, notre curiosité est suspendue à votre bouche pour connaître l'épopée de cette découverte. »

« Elle fut longue et périlleuse, plus de dix années. Je suis de ceux qui ont fondé la ville de Panama avec le gouverneur qui s'appelait Balboa. Cette ville sera le point de départ de toutes les expéditions. Elle nous a permis de découvrir la mer du sud depuis l'océan Atlantique, en démontant pièce par pièce une caravelle et la transportant à dos d'hommes dans la forêt infestée d'insectes, de serpents, de fauves et d'Indiens. Nous avons enduré la soif, la faim et la maladie. Mais rien ne pouvait arrêter notre conviction. »

La voix de Francisco se détend, le fait de parler, il s'échauffe et durant une heure, il tient l'assistance en haleine. « Les morts ont malheureusement été nombreux et seuls les plus obstinés ont survécu. Ceux qui m'ont suivi dans cette exploration méritent que l'on parle d'eux dans plusieurs siècles. Il faut que je vous conte la merveille des merveilles.

Nous naviguions près de la côte et nous avions aperçu, au détour de la forêt dense et parfumée, une ville énorme. Cette ville brillait comme une cité céleste. C'était le soleil qui faisait flamboyer les murs couverts d'or de la ville de Tumbez. »

La ferveur de son récit emporte Francisco en un geste mystique, il s'agenouille et se signe. Étant suspendus aux lèvres de leur chef, tous ses compagnons, par esprit d'imitation, s'agenouillent et se signent. Alors dans la masse des courtisans, les femmes se mettent à applaudir, les hommes grognent leur approbation. Charles Quint se lève, quitte son trône, descend de l'estrade et remercie Francisco de sa prestation. « Je vous donnerai bientôt ma réponse, capitaine Pizarro. »

Décision de Charles Quint

Deux jours plus tard, un pli épais, fermé par un cachet de cire lui est apporté par deux envoyés du roi. Il reste dubitatif durant plusieurs heures n'osant pas connaître la réponse. Se décidant enfin à savoir la volonté du monarque, il fait appeler un proche connaissant les secrets de l'expédition.

Étant illettré, Francisco se fit lire par son homme de confiance, Gabriel Montel, la réponse du roi à sa requête. « lisez cela pour moi, don Gabriel », celui-ci brise alors le cachet de cire. Quelques minutes après avoir parcouru le parchemin, un immense sourire se dessina sur le visage de ce jeune soldat. « Monseigneur, vous êtes nommé gouverneur et capitaine général de Nouvelle Castille appelé aux Indes : Pérou. Et une pension royale de sept cent vingt-cinq mille maravédis l'an. C'est signé de la Reine elle-même. »

Don Diego Almagro, qui participa aux efforts de découverte de la Nouvelle Castille et au financement desquels il employa ses propres deniers, est nommé capitaine de la forteresse de Tumbez et une pension de trois cent mille maravédis par an lui sera versée.

L'affrontement de deux mondes, de cultures diamétralement opposées

Atahualpa sortait d'une guerre fratricide, qui avait affaibli l'Empire, en opposant les deux principaux fils de l'empereur Huayna Capac, Huascar du clan de Cuzco, représentant les territoires du sud, qui sont à l'origine de l'empire. Atahualpa, son deuxième fils, issu d'une union avec une femme venant du nord, non noble, d'un territoire conquis depuis peu et dont Atahualpa venait de faire de la ville de Cajamarca sa capitale du nord. C'est ici qu'Atahualpa a pris sa résidence d'été, ici que dans les sources d'eau brûlante, il oublie les soucis du pouvoir.

C'est ici qu'il a installé le campement de son armée dont les tentes blanches ont encerclé la ville et donnent l'impression de la digérer. Ici que les espions ont renseigné Atahualpa sur ces étrangers laids, barbus et dont les forfaits, viols et pillages lui ont été rapportés.

Il fallait à Atahualpa une action éclatante pour parfaire sa victoire sur son frère Huasar car l'empire avait beaucoup souffert de cette guerre civile qui avait opposé le sud plus traditionaliste et le nord qui devenait la nouvelle région où les décisions se prenaient désormais. Son pouvoir devait être incontestable et incontesté. La paix est fragile et il avait besoin d'un acte glorieux pour consolider son pouvoir. Son initiative devait raffermir le respect que son peuple avait en lui.

Cette action devait être éblouissante et marquer à jamais les esprits. Le génie de l'empereur se devait d'être indiscutable. C'est son courage et son sens tactique que son peuple devait respecter.

Atahualpa donne ses ordres en conséquence, après avoir médité toute la nuit sur sa stratégie. Au matin, des messagers l'avertissent que les Espagnols ne sont plus qu'à une journée de marche.

« Je veux, dit-il avec force, que ces étrangers soient écrasés par ma magnificence. »

« Je veux qu'ils pénètrent dans une ville déserte. Pas une âme qui vive, que cela les rendent fous d'inquiétude et qu'ils soient terrorisés d'arriver dans une ville morte ». « Ils seront tellement terrifiés, qu'ils se disperseront en désordre et nous les exterminerons sans pitié ».

Drôle de guerre

La progression des Espagnols était suivie avec minutie et les nombreux espions informaient l'Inca sur la position de ces aventuriers.

Atahualpa avait envoyé un ambassadeur à la rencontre de ces étrangers sales et barbus. Que pouvait-il craindre de 200 soldats maigres et fatigués. Il allait les attirer dans un guet-apens qui ferait de lui « l'Unique Seigneur Atahualpa », le maître incontesté de l'empire.

Francisco fait le compte de son armée squelettique qui se dirige vers Cajamarca pour affronter « l'Inca » : cent quatre-vingts hommes et cinquante-sept chevaux. C'est ridicule, mais il faut ajouter ceux qui les rejoignent au cours de leur progression, les milliers d'Indiens dont les villages avaient été brûlés par les Incas et s'étaient retrouvés sans rien dans la forêt, il leur fallait alors choisir ou mourir de faim ou se retrouver en esclavage. Cette deuxième armée lui est fournie gracieusement par les Incas, et ils avaient une bonne raison de se venger d'eux.

Il est midi et pourtant le ciel est d'un noir profond, le froid pénètre chaque homme de la troupe. Depuis des heures, ils cheminent le long de pentes vertigineuses et soudain au détour d'un chemin, un spectacle inouï se présente dans la vallée.

À leurs pieds, une vallée étroite mais longue à perte de vue est une apparition miraculeuse. C'est la terre promise qui est enfin là après tant de souffrances.

L'ambassadeur, Sikinchara à la tête d'une escorte de vingt nobles incas finit par rejoindre les Espagnols.

L'ambassadeur Sikinchara, de son regard noir et hautain fixe Francisco, espérant voir de la terreur sur son visage, mais c'est de la sérénité qui s'en dégage.

Francisco, avec beaucoup d'emphase, s'écrit soudain : « Ambassadeur, dites au seigneur Atahualpa que l'envoyé de Sa Majesté Charles Quint demande à le voir pour lui présenter les choses de Dieu. Dieu ordonne qu'entre les siens il n'y ait pas de guerre ou de discorde, mais la paix. Je prie ton maître d'être l'ami des chrétiens, car ce que

Dieu veut est bon pour lui. L'enseignement et la pratique de la foi chrétienne lui donneront la vie éternelle. »

« Nous avons beaucoup voyagé et qu'il dise où nous loger. »

Ambassadeur propose un repas dans le palais de « Curaca ». Les Espagnols furent conviés à un repas où du lama rôti, des galettes de maïs et de bière ont réconforté ces soldats maigres et harassés. Les négociations ont pu alors reprendre, c'est l'ambassadeur qui avec une morgue qui écrase toute l'assemblée prend le premier la parole. « Le fils du soleil vient de terminer la guerre contre son frère Huascar dont le dessein était de briser l'empire. Aidé par des milliers de soldats, il a gagné cette guerre fratricide et ce mauvais frère n'est maintenant rien d'autre qu'un prisonnier, qui ne sera bientôt plus que cendre devant l'Unique Seigneur. »

Francisco répond tranquillement aux propos de l'ambassadeur. « Je suis heureux d'apprendre que ton Roi est un grand guerrier, je souhaiterais vivement le rencontrer. »

Aussitôt, l'ambassadeur décide d'avoir une attitude menaçante et prononce alors des propos méprisants. « Il n'y a pas de plus grand guerrier que l'Unique Seigneur Atahualpa car il est le fils du soleil. Il est bon avec ceux qui le respectent et sans pitié avec ceux qui lui font la guerre. Il sera heureux de vous rencontrer à Cajamarca. Il espère que vous viendrez vite et il sera préparé pour vous de la nourriture et de quoi vous héberger. »

Francisco répond d'une voix douce-amère. « Je ne doute pas qu'il soit un grand et courageux Roi. Il faut qu'il sache que mon Roi est encore plus puissant, qu'il gouverne un monde beaucoup plus grand. Ses serviteurs et soldats sont si nombreux qu'on ne peut les compter. Au-dessus, il y a un Seigneur qui est le plus grand de tous, son royaume est sur terre comme au ciel, il règne sur le soleil, la lune et les étoiles autant que sur les hommes et sur tout l'univers. C'est lui qui nous donne notre force, c'est pourquoi nous sommes peu nombreux. Grâce à lui, chacun de nous peut se battre contre trente adversaires. Tu diras à ton Roi que nous serons à Cajamarca. S'il veut me recevoir en paix, je serai son ami. Mais s'il veut la guerre, je suis prêt, je l'ai toujours faite à ceux qui se sont opposés à moi, à mon empereur et à mon Dieu. »

Sikinchara prend un visage haineux faisant place au mépris qu'il affichait jusqu'alors.

Il n'y a que les montagnes
qui ne se rencontrent pas

Comme tous les jours après la prière, Francisco dialogue en pensée avec Néron, sa vraie famille. « N'est-ce pas splendide ? Ne t'avais-je pas promis que je t'y conduirais ? »

Il est midi, pourtant le ciel est d'un noir profond. La troupe arrive sur le plateau dominant la vallée. Quand elle parvient dans la plaine où se trouve les constructions, ce sont des habitations en terre battue et en pierre en bon état, les toits sont neufs et bien entretenus. Un long mur délimite une place très vaste mais vide. Des milliers de tentes blanches scintillent comme des joyaux sortants de leurs écrins. Des étendards jettent des touches de couleurs violentes dans cet ensemble parfaitement ordonné. Cet ordonnancement semble avoir digéré toute forme de vie dans cette ville fantôme où rien ne bouge.

Francisco désigne la situation à ses frères. Son regard se porte sur l'ambassadeur Sikinchara que des émissaires indiens viennent de rejoindre. Celui-ci prend la parole d'un air dédaigneux. « L'Unique Seigneur Atahualpa fait savoir au capitaine qu'il peut se loger avec ses hommes sur la place pour la nuit et qu'il le rencontrera demain. »

Francisco d'un air dédaigneux s'emporte alors :
« Me loger sur la place, l'envoyé de l'empereur ne loge pas en plein air alors qu'il y a de beaux bâtiments pour lui et sa troupe. »

Hernando, le frère de Francisco demande à rencontrer l'Inca pour obtenir des conditions d'hébergement qui soient satisfaisantes. « Francisco, laisse-moi aller jusqu'au commandement de l'Inca, nous saurons qu'elles sont ses intentions mais surtout à quoi ressemble ce commandement. »

Francisco est soucieux, le premier contact avec cet empereur est d'une importance capitale. « Prenez vingt cavaliers, ils auront peur de vous, ne mettez pas pied à terre pour lui parler, soyez respectueux mais fermes, ayez toujours l'ambassadeur avec vous. Cette entrevue est très importante, il faut être déférent, mais l'impressionner et surtout le terroriser, le couple cheval-cavalier est pour lui inconcevable. »

Hernando demande à l'ambassadeur de partir devant jusqu'à son empereur pour l'avertir de la demande de doléances des nobles étrangers. Il murmure à Francisco, « nous saurons bientôt qui de l'Inca ou de nous ment le mieux ».

Atahualpa se trouve dans le jardin royal près du bassin en compagnie de ses fidèles conseillés.

« Qui sont ces étrangers qui osent venir jusqu'à moi, Sikinchara ? »

« C'est le frère du capitaine Pizarro qui demande audience à l'Unique Seigneur, ils sont sur leur garde, car ils sont tous montés sur leurs bêtes avec leurs lances, leurs boucliers et leurs étranges coupes en argent sur leurs têtes, ils ont peur de toi. »

« Que veulent-ils ? »

« T'inviter à rencontrer le capitaine Pizarro qui est resté à Cajamarca. »

« Nous allons les écouter et ensuite, nous les tuerons. »

Hernando admire le visage de l'Inca, il a un nez d'oiseau de proie une face belle, large et puissante. C'est surtout son regard qui est stupéfiant, il représente le masque du mépris et de la cruauté des puissants.

« Demain, j'irai à Cajamarca avec mon escorte. Pour cette nuit, vous pourrez loger dans les grands bâtiments de la place. »

Il se tait et examine avec curiosité les chevaux qui l'intriguent plus que ces étrangers barbus.

Hernando prend alors la parole pour marquer l'importance de sa présence. « Je suis le frère du Capitaine Pizarro qui est le représentant de Sa Majesté, l'Empereur Charles Quint d'Espagne et de la moitié de l'Europe qui lui-même est l'envoyé de Dieu pour connaître ces terres et enseigner la foi en Jésus Christ. » « Le Capitaine Pizarro est votre ami, il prie le Seigneur Atahualpa à dîner. Il l'attend à Cajamarca et ne bougera pas avant qu'il ne soit là. »

Les promesses n'engagent que ceux qui y croient

Atahualpa répond à cette invitation. « Je viens de vaincre mon frère Huascar grâce à mes valeureux guerriers qui sont très efficaces, qui sont des milliers et qui respectent les ordres que je leur donne. » « Je serai demain à Cajamarca avec mes principaux conseillers. »

« Que l'un d'entre vous soit présent ce soir et prenne le repas avec nous. »

Hernando se méfie de ces paroles mielleuses.

« Nous devons tous rentrer à Cajamarca pour faire un rapport au Capitaine Pizarro. »

Atahualpa a soudain un sourire ironique. « C'est la peur qui vous gagne, je croyais que vous étiez de grands guerriers que rien ne pouvait perturber. »

Hernando, vexé par cette injure, exécute une représentation équestre pour impressionner l'assistance. Il fait avancer et reculer son cheval avant de le lancer dans un bref galop. Les dalles résonnent et des étincelles terrorisent les Indiens présents. Pour finir, il fait se cabrer l'animal, ce qui termine de faire fuir la majorité des guerriers témoins de la scène.

L'attente avant la confrontation

Au retour de la rencontre avec l'Inca, Hernando fit son rapport à Francisco et surtout lui fait part de l'acceptation de l'invitation pour demain. Il l'assure également de l'autorisation d'installation dans le bâtiment. « À quoi ressemble cet Inca ? » demande Francisco. « À un grand Seigneur, mais avec des idées d'un autre temps, il se veut le seul et unique décideur pour tout ce qui concerne l'empire. » « Combien sont-ils et quel est leur armement » ? « Environ trente mille hommes avec des lances, des masses et des frondes, rien de très dangereux. » Un silence glacé, pareil au froid tombant sur les Espagnols. Nul n'a jamais vu une armée aussi importante.

Le représentant de l'Église qui entretient la foi des Espagnols a fait enlever les représentations païennes des niches des murs. Des bougies les remplacent et donnent à la pièce immense, un air de cathédrale macabre. La prise de possession de cette pièce gigantesque se met en place. Francisco en fait le tour et organise chaque espace pour en faire un endroit stratégique. Les portes qui donnent directement sur la place représentent le seul lien avec le reste du monde. Les milliers d'Indiens qui sont là pour se venger des Incas sont une protection de première ligne et donneront l'alerte en cas d'attaque-surprise. Francisco a fait placer les mousquets aux endroits sensibles. Une fois mise en place l'organisation militaire, il prend la parole solennellement.

« Dieu va faire connaître sa volonté. Vous croyez que les Indiens qui sont dehors sont trente mille, et bien non, ils sont beaucoup plus. Quatre-vingt mille, un contre quatre cents. Atahualpa dit qu'il est notre ami et qu'il nous accueille dans ce bâtiment magnifique, c'est un piège. Il nous a attirés ici pour mieux nous exterminer. Dieu le veut ainsi, s'il nous a permis d'arriver jusqu'ici, c'est pour nous permettre d'exprimer sa splendeur, d'agrandir son royaume par notre volonté et notre détermination, grâce à lui nous vaincrons. »
« Atahualpa, viendra demain, je le prendrai par la main et ne le lâcherai plus. » « Les quatre-vingt mille soldats qui se trouveront sur la place n'oseront pas bouger. »

Le froid est tombé dans tout le bâtiment, les femmes des Indiens qui accompagnent les Espagnols ont préparé des galettes de maïs et des soupes qui réchauffent les corps et les cœurs. Les fantassins et les cavaliers sont rassemblés en ordre de bataille et ne bougent plus. Le bruit des tambours et des trompes monte lancinant, enveloppant et empêche hommes et chevaux de dormir.

Francisco ne dort plus depuis plusieurs jours, les soucis permanents l'empêchent de se reposer. Il lui vient le souvenir de la vie de son enfance, il était pauvre, il dormait sous des peaux sales, pleines de vermines et de puces mais il dormait bien, en toute sérénité. Il aimait sa chambre pleine de poussière, les murs sombres suintant d'humidité, les volets disjoints laissaient passer la lumière du petit matin et lui rappelait qu'il irait bientôt rejoindre son ami Néron.

Les fantassins, les cavaliers et les Indiens prennent leur place de combat avec un ordonnancement militaire et n'en bougent plus. Chacun a revêtu sa tenue de combat : les Espagnols ont tous endossé leurs lourdes cuirasses et leurs casques de guerre. Durant toute la nuit glacée, sans un bruit, cette petite armée attend son heure de gloire. Les positions sont si inflexibles qu'au fil des heures, on aperçoit aux pieds de chaque combattant un cercle d'urine qui s'agrandit avec le temps. Il en va de même pour les chevaux, l'urine mais surtout les crottins fumants et odorants confirment une présence dans cette cathédrale d'un autre monde. Quelques blessés, transits de froid se sont allongés et se sont recouverts de paille et de crottin chaud.

Au petit matin, le jour pointant par les jointures des portes fait réagir Francisco. Le bruit sourd et qui semblait venir des enfers vient soudain de se taire.

L'attente allait se prolonger jusqu'au début de l'après-midi. La longue colonne de l'Inca se mit en marche vers midi accompagnée de danses et de chants. Les Indiens voulaient effrayer les Espagnols par une lente et lancinante approche.

Francisco attendait sur la place entouré de vingt de ses fidèles. Face à la marée humaine du cortège de l'Inca, les forces en présence étaient ridiculement disproportionnées.

La rencontre de deux civilisations

Atahualpa tenait à être en tête de cette procession, assis sur son trône soutenu par huit guerriers fiers et vêtus somptueusement, avec des pectoraux en or étincelants. Il était splendide avec ses bijoux multicolores et l'or qui recouvrait toutes les parties de son corps. Le trône immense était lui incrusté d'or et de pierres précieuses. C'était comme une apparition de la vierge et le clan des Espagnols fut un instant désemparé. Ils ne pensaient plus à l'or ni aux richesses qu'ils étaient venus arracher. Ils étaient pétrifiés par la peur et seule leur vie comptait à cet instant. Une foule d'un millier d'Indiens entourait maintenant leur maître, c'est le moment que choisit Francisco pour prendre la main. D'un geste, il stoppa la progression de cette foule lente et monstrueuse de cette procession. Il devait à tout prix faire porter l'attention sur sa modeste présence. Il envoya Valverde, le représentant de l'Église et de la foi, accueillir Atahualpa pour lui parler religion et ainsi porter l'attention sur son clan. Celui-ci se met sur le passage du souverain en présentant le crucifix comme une barrière infranchissable, il lui hurle ces mots : « Je suis le représentant de Dieu, je te prie d'être son ami parce que Dieu le veut ainsi ». En même temps, il lui tendit une bible et dit. « Tout ce que tu dois savoir se trouve écrit dedans ». L'Inca l'ouvrit, la regarda et la jeta sur le sol avec mépris, il se mit debout sur son trône et prononça avec violence des mots qui devaient être menaçants. Valverde ramassa sa bible dans la poussière et il dit à Francisco. « Faites votre œuvre, je vous absous. »

La peur s'était transformée en colère. Un Indien a eu l'audace de mépriser la religion ! Cela doit se laver dans le sang. C'était le prétexte qu'attendait Francisco pour changer la situation à son avantage, il ajusta sa cuirasse, soudain il fit un signe.

Les combattants dans le bâtiment étaient prêts, les mains serrées sur leurs épées ou leurs lances, les cavaliers tenant fermement leurs rênes, les arquebusiers le doigt sur la détente, tous sur le pied de guerre.

Avec un interminable hurlement, l'assourdissant vacarme des armes à feu, les aboiements furieux des chiens de combat, le bruit irréel des sabots des chevaux sur les dalles de pierre, accompagné d'étincelles, donnait une impression de fin du monde. Les fantassins suivaient, les Indiens qui escortaient les Espagnols voyaient là la revanche de leur déchéance, avec rage ils se lancèrent aussi dans la mêlée. Les cavaliers en premier séparèrent l'armée des Indiens en deux parties égales comme un gâteau d'anniversaire qu'on partage équitablement. Les trompes et les tambours de guerre ajoutaient leurs touches de charivari à la confusion générale. Les premières victimes hurlaient leur douleur et leur incompréhension. Les chiens de combat, les « matin de Naples », énorme masse de muscle furent en tête des festivités. Avec avidité, ils déchiraient les chairs malgré les cris de terreur des guerriers indiens ahuris. L'odeur du sang qui giclait de toute part les rendait fous de rage. Les hommes faisant corps avec leurs chevaux, tranchaient dans les corps comme un boucher débite des morceaux de viande, avec satisfaction. Ici, c'est une épaule qui est désossée sur un Indien hurlant. Là, d'un seul mouvement circulaire un centaure barbu fait sauter une tête et une main. Les Indiens étaient si nombreux qu'ils s'écrasaient les uns les autres. N'ayant reçu aucun ordre de leur roi, ils étaient terrorisés, ébahis et ne pensaient qu'à fuir. Le désordre était tel et l'amalgame de ces corps écrasés si compact qu'un muret vint à s'écrouler. C'est maintenant au tour des fantassins d'entrer dans la danse, l'attente de la nuit avait fait grandir une violence soudain libérée et sans aucune retenue.

Francisco se fraye un chemin jusqu'au trône de l'Inca, dont les porteurs se sont fait massacrer sans réagir, et le saisit par le bras. Les fantassins se trouvant près de la litière de Atahualpa grattèrent l'or incrusté à l'aide de leurs poignards. Il doit protéger ce roi, car il est celui qui va lui permettre de finaliser sa victoire et de voler chaque gramme d'or revenant aux vainqueurs : « malheur aux vaincus ». Cet individu représente ce qu'il hait le plus. Le mépris des puissants et leur cruauté pour les classes inférieures. Il revoit en souvenir le dédain de Charles Quint et des puissants courtisans de la cour, lui qui était il y a peu de temps au plus bas étage de la société et en un instant, s'il sait manœuvrer habilement peut devenir l'égal du roi d'Espagne, pour cela il devra sa fortune à sa propre intelligence, lui qui ne sait ni lire ni écrire. Il profite de cet instant de grâce pour serrer davantage le bras de l'Inca. Ce simple geste a suffi pour faire basculer la situation à son avantage. Il a l'intention de mettre à profit cet atout et de le protéger envers et contre tout. Une blessure à la main en sera le témoignage. Il ne peut empêcher les soudards d'arracher les bijoux et les habits précieux du roi déchu.

Pendant ce temps, le massacre se poursuit jusqu'à la nuit, l'odeur du sang a rendu fous tous les guerriers et sur la place de pierres blanches, les murs qui étaient immaculés ont changé de couleur et suintent non pas d'humidité, mais de sang. Cette atmosphère et cette odeur de sang ont transformé ces guerriers en démons sans foi ni loi, avec pour seul but, de tuer en faisant le plus mal possible. Quelques heures auparavant, ils défendaient le Dieu du ciel, celui qui est miséricordieux, maintenant c'est celui des enfers qu'ils adorent servilement. Les cavaliers pourchassent les Indiens partout dans la ville. Là où il y a de la vie, la mort doit lui faire place. En dehors de la ville, les cavaliers font galoper les chevaux pour rattraper les Indiens qui ont pu échapper au massacre. La tombée de la nuit marque la fin de l'hécatombe et Francisco fait sonner la fin des combats. Les Espagnols n'ont aucun mort à déplorer et malgré la nuit blanche et le défoulement démoniaque de la journée, l'adrénaline de la victoire leur a supprimé toute fatigue.

La méditation a du bon

Une fois passée la fureur du combat, Francisco a tenu à rester en contact permanent avec l'Inca, cela le rassure et d'être constamment en intimité avec lui, confère au bâtard qu'il est un statut qu'il n'aurait jamais imaginé auparavant. Il avait maintenant son ennemi à sa merci, il le tenait près de lui, presque contre lui, le fait de l'avoir si près lui donnait l'impression de transfuser le sang bleu des nobles dans le sang noir du petit peuple. L'intimité était si étroite qu'il avait autorisé Atahualpa à faire venir ses épouses et ses serviteurs. Il voulait partager le quotidien d'un demi-dieu.

Il voulait partager ses nuits avec lui et même faire l'amour à ses épouses, comme si c'était son frère double. Il avait fini par une ambiguïté à confondre la haine et l'amour. Il voulait penser, agir et vivre comme lui pour en extraire chaque atome de sa personne et chaque gramme d'or lui appartenant. Il fallait dans un premier temps lui extirper toutes ses richesses, ensuite il lui volerait son âme. Charles Quint avait déclaré : « Je suis l'homme le plus puissant du monde », l'ambition inavouée de Francisco était maintenant d'être son égal, lui qui ne savait ni lire ni écrire et qui était l'égal des porcs qu'il gardait pour survivre.

Une étrange complicité les rapprochait, l'un était vaincu, l'autre vainqueur. Avec l'aide du traducteur, ils se sont raconté leurs enfances et leurs parcours. Pas un instant ils ne parlèrent de Dieu, pour eux ce n'était pas leur principal souci. Ils finirent par parler de la guerre, mais surtout de l'or. Atahualpa n'était pas homme à sacrifier sa vie pour son peuple, il avait appris à connaître Francisco et savait maintenant qu'il pouvait avoir un moyen de recouvrer sa liberté, c'était un adversaire intelligent, mais sans scrupule que l'on pouvait convaincre avec beaucoup d'or.

Francisco avait gagné la guerre contre Atahualpa, beaucoup d'or allait être récupéré, mais c'était le sud du pays qui regorgeait d'or qui intéressait Francisco. Huas car, profitant de la défaite de son frère, s'était échappé et avait regagné Cuzco.

Atahualpa se rendit compte rapidement que la seule chose qui intéressait les Espagnols était l'or, le seul Dieu qu'ils adoraient vraiment.

Il proposa de couvrir le sol de l'immense salle de vases et d'objets d'argent et d'or. Devant le sourire ironique de Francisco, il s'aperçut que son offre ne correspondait pas encore à l'attente des Espagnols. Comment pouvait-il savoir que ce métal représentait le pouvoir suprême au-delà des mers ? Comment pouvait-il savoir que Charles Quint, pour se faire élire empereur du Saint Empire Romain Germanique, s'était tant endetté auprès des

Princes Électeurs pour des sommes indécentes, que malgré les quantités d'or arrachées de l'Empire Inca pendant trente ans, il laissa son empire endetté. Il dut également engager une guerre de Trente Ans contre la France. Un continent entier et une population furent dévastés pour la gloire des puissants. « Pour ce qui est précieux et inutile. »

Atahualpa comprit rapidement que pour satisfaire et combler les Espagnols une quantité d'or gigantesque devait leur être promise. Il ne savait pas qu'en Europe un sentiment d'insatiabilité s'était emparé des hommes depuis bien longtemps. Depuis le sac de Rome et la destruction de Jérusalem, les joyaux et l'or étaient le but principal du massacre des populations. Ici, l'or servait uniquement à honorer les morts, d'ornement et d'offrandes pour les Dieux.

Il leur offrit une rançon démesurée, sa vie valait bien ça.

Il leva la main et promit qu'il faudrait remplir cette salle immense d'or jusqu'au bout de sa main. De peur de n'être pas assez généreux, il promit que la salle qu'il remplirait serait bien plus grande. Il tenait à la vie comme les Espagnols tenaient à l'or.

Il demanda alors à son peuple de rapporter tout l'or possible. Toute une armée se mit en route à la recherche du moindre gramme d'or. Tout un pays se mobilisa pour sauver ce petit homme gras et couard qui était censé être le fils du soleil. On alla jusqu'à profaner les tombes et les os des morts pour leur prendre le moindre bijou ayant de la valeur, tous les lieux sacrés où se trouvait de l'or furent pillés sans remords. Les Indiens se sont laissé massacrer pour protéger Atahualpa car c'était le fils de Huayna Capac, qui était un des fondateurs de l'Empire inca. Ce même Atahualpa les avait entraînés dans une guerre fratricide de deux ans qui avait dévasté l'empire et laissé dans une pauvreté extrême ce peuple simple et généreux. Seuls les puissants se sortent avec avantages de ces situations. Depuis des siècles et leurs croyances, c'était une évidence, mais en peu de temps un doute se mit à germer dans l'esprit de plusieurs individus.

Les premiers convois arrivèrent un mois plus tard. Il y avait une grande quantité de vaisselle d'or, d'objets religieux, de décorations de temples et de sujets funéraires précieux. Les Espagnols n'en crurent pas leurs yeux, ils ne pensaient pas dans leurs rêves les plus fous qu'une telle quantité d'or puisse exister. Le miracle se reproduisait à nouveau, après cette victoire inattendue, Dieu était vraiment avec eux.

Le pillage prit une proportion invraisemblable, dans chaque recoin de l'empire, chaque temple, chaque tombe fut profanée. Le temps passait et chaque jour, les vases et vaisselles d'or venaient remplir les salles, mais ce n'était pas assez. Atahualpa s'inquiétait pour sa vie, il demanda à Francisco de lui fournir des soldats espagnols pour acheminer les richesses de son peuple. Il désigna les hauts lieux de pèlerinage avant que les prêtres ne cachent leurs précieux objets de culte, rien ne valait sa vie, ni son empire, ni son peuple, il était « l'Unique Seigneur », le fils du soleil.

La pièce où on entassait l'or était loin d'être pleine et Atahualpa qui avait promis un délai de deux mois avait peur pour sa vie.

On savait que les plus grandes richesses se trouvaient à Cuzco, qui était la ville sacrée de l'empire et qui était encore considérée comme la capitale, bien qu'Atahualpa ait choisi une autre villégiature.

Une autre préoccupation devint alors le principal souci de Francisco.

Le 12 avril 1533, Diego de Almagro venait réclamer sa part. Il n'avait pas pris part à la victoire et il se demandait comment il serait reçu. Il connaissait Francisco et il devinait que la négociation serait âpre. Il savait que la très grande richesse ne se partage pas.

Francisco l'accueillit dignement, ils s'embrassèrent, les troupes fraternisèrent. Un grand festin fut organisé, le vin coula à flots, Almagro voulut connaître les exploits du triomphe de Francisco. Les détails de la défaite de l'Inca furent commentés et embellis. Au petit matin, quand les hommes d'Almagro virent le butin déjà accumulé, le regret de n'avoir pas participé à la curée se transforma en rancœur, ils voulaient leur part. Les hommes de Francisco avaient une opinion différente, ils avaient vaincu seuls, ils garderaient l'or pour eux seuls.

Un affrontement viril, mais sans arme commença mais s'arrêta très vite. Il fut décidé qu'une partie du butin irait aux hommes d'Almagro. C'était la seule façon de les faire taire et espérer.

Les navires qui avaient transporté Almagro et ses hommes attendaient d'être payés. Avec lui, Almagro avait été accompagné par des fonctionnaires de la couronne dont le travail était de répartir le butin déjà accumulé. C'était toujours Charles Quint qui décidait. En fonction du grade, de la participation au combat ou non. Francisco, en plus de la part considérable lui revenant avec en supplément une part du butin qu'il choisirait. Il choisit le trône, c'était le symbole de son pouvoir qui commençait à prendre forme. Son rêve devenait progressivement réalité. Seul sous sa tente, il réalisait ce que les laquais quand ils entretiennent le trône, ont parfois l'audace de prendre la place du souverain, mais quand ils entendent des pas retentir, frottent de plus belle. Lui, il prend tout le temps de savourer cet instant en toute quiétude.

Le partage fut long et méticuleux, laissant bien des insatisfaits dont les rancœurs restèrent longtemps incrustées dans les mémoires. On se partageait les souvenirs de tout un peuple, mais un empire n'est pas assez pour ces fauves assoiffés d'or et de sang. Eux qui étaient de petite noblesse ou des paysans pauvres. On leur avait dit « tu seras peut-être un riche personnage, mais surtout reviens au pays de tes racines, c'est le seul endroit où tu ne seras pas un étranger ». Mais quand on a été pauvre, il est indécent de laisser passer le moindre sou. Les porteurs n'étaient pas suffisamment efficaces, alors les Espagnols portèrent eux-mêmes les richesses de peur de se faire soustraire une partie de l'or qu'ils avaient arraché avec tant de hargne. Jour après jour, ils accompagnaient leur or amoureusement sous le soleil brûlant malgré les ampoules et la fatigue extrême.

Hernando a tenu à accompagner le premier convoi d'or pour le remettre en personne à Charles Quint. Pendant le voyage qui le mena à Séville, un immense orgueil s'empara de lui, il pouvait rendre l'âme à l'instant, il ne voulait plus rien, il avait tout. Il a réalisé ses rêves les plus fous. Il pouvait mourir, il s'en fichait maintenant. Lorsque le 5 décembre 1533, le premier des quatre navires accosta sur le port de Séville, une foule impatiente les acclama.

Charles Quint les reçut comme des princes, il était autant impressionné par le récit du combat que par les richesses étalées dans la salle du trône. Ce n'était plus d'un air méprisant et suffisant qu'il accueillait les conquistadors, un doute lui vint un court instant, sa puissance pouvait être contestée et la jalousie s'empara de lui. Leur puissance soudaine lui fit peur, mais en politicien aguerri il n'en laissa rien paraître et c'est avec une bonhomie bienveillante qu'il les reçut. Des titres de noblesse furent distribués généreusement, tout ce qui pouvait réduire le déficit royal était le bienvenu, surtout que les promesses de livraisons futures étaient programmées. Il devait suivre l'évolution de la conquête et agir au bon moment, ne dit-on pas « il faut diviser pour mieux régner », pour cela un bon espion était indispensable.

Les papes avaient choisi la répartition des terres sauvages. Ils avaient plébiscité uniquement les nations chrétiennes pour la conquête du nouveau monde.

Uniquement les très bons élèves : Portugal et Espagne. Alors l'Angleterre et la France décidèrent de se servir. Les actes de piraterie seront permis et récompensés, s'ils sont commis sur les bateaux portugais et espagnols, sous réserve qu'une partie du butin revienne au pays qui les protège. Grâce à la bénédiction des papes, les Espagnols et Portugais allaient s'emparer des richesses du Pérou, du Mexique et du Brésil.

La fin d'une civilisation

Francisco remarqua un changement d'attitude venant de l'Inca, il avait l'habitude d'être servi. Il pensait que le marché conclu était sacré et que la parole de Francisco faisait office de contrat. L'or accumulé et le régime de faveur lui étant accordé, cela lui faisait penser que sa libération deviendrait bientôt possible. Pour Francisco, un coup de dague suffisait pour rompre un contrat sans aucun remords. La surveillance de Atahualpa se resserra et pour marquer son changement de statut, il fut enchaîné. Le prochain objectif était maintenant de ravager et de dépouiller Cuzco. Pour cela, il ne devait pas laisser l'Inca derrière lui, car il était certain que celui-ci ne tarderait pas à prendre les armes.

Ayant une vue claire de la situation. Almagro était arrivé depuis peu de temps, il devait se mettre en mouvement sinon le partage du pouvoir se ferait en sa défaveur, ses hommes étant plus frais que les siens. Un simulacre de procès fut organisé et présidé par Valverde qui condamna Atahualpa pour son manque de foi en Jésus Christ, la sentence fut : mort sur le bûcher. Atahualpa, qui souvent avait ordonné de brûler ses ennemis avait peur de cette mort qui le ferait disparaître à jamais, sans espoir de renaître. Se souvenant des discussions qu'il avait eues avec Francisco, il voulut se faire chrétien pour échapper à la mort par le feu et être enterré comme tout bon chrétien.

Valverde eut pitié de lui et lui accorda le baptême en versant quelques gouttes d'eau sur le front de l'Inca. Francisco, grand seigneur, commua le bûcher en étranglement. Sur la place, devant plus de mille Indiens et les Espagnols en tenue impeccable assistèrent à l'exécution du fils du soleil. C'était la première fois qu'un roi était assassiné en public, on le reverrait quelques siècles plus tard. Quand le bourreau actionna le garrot, sa nuque se brisa et la vie s'échappa de son corps. Les Indiens, qui avaient assisté à cette mise en scène, sentirent la haine des Espagnols déborder. C'en était trop, ils ne tenaient aucune de leurs promesses, ils devaient les chasser, il fallait être perfide et brutal, les considérer comme des animaux nuisibles à supprimer de la terre.

Le lendemain matin, on découvrit des petits corps sans vie qui pendaient au bout de portiques improvisés, c'était les épouses et les esclaves de l'Inca qui étaient partis le rejoindre pour le servir dans l'au-delà.

La poursuite de la croisade

Les voyages destinés à ramener l'or de la rançon s'étaient révélés très fructueux, mais on était loin du compte. Les récits sur les richesses de Cuzco faisaient rêver les Espagnols du plus humble soldat jusque Francisco qui voyait là une façon d'occuper son ami Allegro.

Avant de partir pour ce long et dangereux voyage, il devait remplacer Atahualpa à Cajamarca pour diriger les territoires du nord car ce qui restait dans cette place était une maigre garnison de blessés et de malades, tous voulaient participer à cette nouvelle aventure. Ce fut un Inca choisi pour sa discrétion et sa docilité du nom de Tupac Huallpa. Il se mit sous la protection de Charles Quint. Pour plus de prudence, Francisco l'emmena avec lui, c'était un sauf-conduit mais une marque de respect pour le peuple « la nature a horreur du vide ». Il fit partie du voyage et pour marquer son rang royal, c'est en litière qu'il franchit les Andes comme un jeune désœuvré, il ne descendait de sa litière que pour faire pipi. C'était de loin le plus jeune de la troupe et le moins fatigué de tous.

C'était toute une expédition qui allait s'étaler sur mille cinq cents kilomètres et une durée de trois mois, elle allait se révéler plus pénible que toutes les explorations précédentes, c'était long mais ils durent affronter le froid et les pièges de la montagne. Ils étaient beaucoup plus nombreux que lors de la première exploration. Aux soldats de Francisco venaient s'ajouter les hommes d'Almagro, les Indiens en grand nombre et les esclaves. Les trois cents cavaliers et leurs chevaux étaient un atout maître des Espagnols. Sur le long chemin, ils rencontrèrent des peuples différents qui étaient des conquêtes des Incas et avec l'empire qui tombait en poussière, Francisco qui raisonnait maintenant en politique s'imaginait déjà l'avantage qu'il pouvait en tirer.

Parfois, ils apercevaient les espionnant des Indiens qui les insultaient sur les sommets quand ils se trouvaient dans les vallées.

La vingtaine d'éclaireurs à cheval se trouvèrent face à une rivière peu profonde. Sur l'autre rive, il y avait trente Indiens qui leur faisaient front. Les Espagnols, ayant l'habitude de tuer sans résistance leurs ennemis, traversèrent le cours d'eau au galop. Avant d'avoir pris pied sur la rive opposée, ils furent accueillis par une pluie de pierres. Les chevaux refusèrent de prendre pied. Certains cavaliers sautèrent de leur monture et furent tués aussitôt. Les Espagnols essayèrent de se rassembler mais en vain. Pour la première fois, les Indiens dont la haine était à son zénith se jetèrent sur les chevaux, affaiblis et statiques la traversée terminée. La surprise des Espagnols était totale. Les Indiens se lançaient sur les destriers et essayèrent de désarçonner leurs cavaliers, le capitaine qui commandait le détachement glissa de son cheval et tomba au sol. Il fut mis à mort rapidement. Ils frappaient le ventre des chevaux à coup de poing, pris de panique et complètement désorientés, les canassons s'éparpillèrent, leurs cavaliers n'étant plus capables d'avoir la moindre influence. Trois cavaliers arrivèrent à s'échapper de ce guet-apens. C'était la première vraie victoire des Indiens et cela allait changer bien des choses. Cela prouvait que les Espagnols pouvaient être vaincus et que leurs chevaux n'étaient pas les bêtes fantastiques qu'ils avaient imaginées. Francisco, ayant appris la désastreuse rencontre, interdit sa diffusion qui risquait d'entamer le moral de ses troupes.

Le but ultime

La nuit du 14 novembre 1533, ils arrivèrent enfin en vue de la véritable capitale de l'empire. Manco Inca, le légitime héritier de l'empire se rendit à la rencontre de Francisco, cela changeait de l'attitude d'Atahualpa. L'homme jeune semblait vouloir coopérer, la conséquence immédiate était que la noblesse de Cuzco ne leur était pas hostile, au moins dans l'immédiat.

Arrivé devant la ville, on dressa le campement avec une garde renforcée. Le lendemain juste après le levé du jour, la troupe défilait dans les rues de Cuzco.

Les armes rutilantes et la tenue impeccable de tous les hommes impressionnaient les curieux qui se pressaient pour voir passer les chevaux dont ils avaient entendu parler et qui les faisaient rêver, ces animaux avaient la prestance et la noblesse qui manquaient aux lamas.

Ces étrangers étaient grands, barbus habillés de cuirasses brillantes et de casques qui protégeaient leur visage et donnait un air irréel à ces guerriers dont les exploits étaient connus de tous et qui suscitaient une terreur mêlée d'admiration. L'embuscade était venue aux oreilles des notables et une grande prudence s'imposait, si une action devait avoir lieu, elle devait être victorieuse car on connaissait la cruauté des Espagnols.

Les Indiens comprirent que les Espagnols avaient décidé de rester et pour longtemps. C'était un déploiement et une démonstration de force, c'était en résumé une armée d'occupation. Les Espagnols se déplaçaient sur un nuage, ils auraient pu parader durant des jours, ils avaient atteint le paradis et rêvaient de devenir des seigneurs très riches. Francisco, quant à lui, préparait son implantation. Son principal souci pour le moment était de savoir s'il n'y avait pas de garnison cachée, prête à leur tendre une embuscade, en véritable chef de guerre, l'amateurisme n'avait pas sa place.

On se trouvait à la rencontre de deux civilisations avec des modes de fonctionnement complètement différents. Ici, l'administration contrôlait tout et la pensée des hommes était orientée vers la spiritualité, l'esprit critique n'existait pas. En Europe au contraire, durant des siècles depuis l'Empire romain, la destruction, la reconstruction, l'Église, l'art, la monarchie avaient obligé les hommes à s'adapter à chaque situation nouvelle. La guerre a modifié le tracé des frontières et les idées des hommes se sont plusieurs fois modifiées, mais c'était toujours la vieille Église catholique qui tenait fermement les rênes de la pensée de conquête du monde et de conversion à la seule et vraie foi.

Maintenant sur la place de Cuzco, il y avait quatre cents Espagnols autant d'Indiens faisant partie de l'armée portant des lances et quelques esclaves. Il n'y avait que la troupe des Espagnols et leurs accompagnants à porter des armes, c'était bien une armée d'occupation.

L'épidémie prend pied

Les Espagnols installèrent leur campement sur la place centrale. Les chevaux n'étaient pas dessellés, prêts à servir dans l'instant. Bientôt, la place centrale avait changé d'allure et les odeurs de crottin faisaient voyager les habitants dans un pays inconnu et odorant.

Le premier pillage de Cajamarca, conté par les hommes de Francisco à ceux d'Almagro, rendit celui de Cuzco plus âpre encore. On savait maintenant que les tombes étaient les plus richement dotées de bijoux. Il y avait de l'or partout. On se fit cruel par amusement et ce ne fut pas rare de couper des mains, de brûler des pieds, si les Indiens ne désignaient pas assez vite les lieux de leurs trésors.

Pour les Indiens, l'or était un dernier acte d'amour, une façon d'honorer ceux qui les avaient précédés. La manière de faire des Espagnols ajoutait la haine à la haine. La sauvagerie des soudards était une accumulation de rancœur qui finirait un jour par exploser.

Pour Francisco, il avait accompli son destin. Il lui restait à asseoir son pouvoir. Il voulut mettre Manco Inca sur le trône, ce qui devait vaincre la capitale en respectant les coutumes. C'est Francisco lui-même qui posa le bandeau sacré sur le front du nouvel empereur. La bannière des rois d'Espagne flotta dans le ciel et c'est une nouvelle ère qui devait commencer pour la gloire de Francisco. Pour prolonger l'illusion, les Indiens exhibèrent leurs momies dans toute la ville, certaines portaient des bijoux et pierres précieuses. À la fin de la procession, les Espagnols leur ôtèrent la moindre richesse. On avait atteint la dernière extrémité de la barbarie.

Pour compléter le tableau, Francisco désigna l'emplacement de la construction d'une église. On devait pouvoir célébrer la messe sur une place centrale, le peuple indien était en droit d'avoir accès au savoir chrétien, il aurait droit à la vie éternelle à ce prix. C'était le prétexte de décrocher les dernières idoles. La chasse au trésor continua de plus belle.

Se prenant pour un monarque absolu, malgré son âge avancé il décida de se bâtir une famille, lui qui était un bâtard et qui maintenant voulait l'immortalité avec la continuité de son nom et de sa famille. Il choisit la sœur de Atahualpa qui venait d'avoir quinze ans. Il la baptisa, lui fit deux enfants puis en fit cadeau à ses serviteurs. C'était la règle chez les conquistadors, ils se liaient avec la noblesse indigène et une fois fortune faite, se mariaient avec de nobles espagnoles en revenant au pays.

Il y avait trop d'or et les Espagnols en devinrent écœurés. Le pillage des temples était quotidien. Un jour, un joueur de cartes misa un soleil d'or d'une valeur inestimable, il perdit et n'en éprouva aucun regret. L'or était devenu presque vulgaire.

La politique
est réservée aux puissants

Francisco apprit une nouvelle inquiétante venant d'Espagne. Charles Quint venait d'envoyer Pedro de Alvarado, homme redoutable, conquérant du Mexique, delà il avait conquis le Guatemala et en était devenu le gouverneur.

C'était un capitaine espagnol, cruel, sans scrupule. C'était un petit noble sans richesse mais avec une culture qui lui permettait de parler stratégie avec Charles Quint. C'était un des principaux officiers de Cortès. Il participa avec lui à la conquête du Mexique. Il se fit remarquer par sa cruauté et son cynisme, c'est le conquistador ayant la plus mauvaise réputation. Johan Cano rapporte : « les Indiens au nombre de plus de six cents, nus, couverts de joyaux d'or, de beaux panaches, de force pierreries, le plus noblement accoutrés et sans arme aucune, défensive ou offensive, dansaient et chantaient selon la coutume. Au moment où ils étaient le mieux ravis en leur réjouissance. Alvarado fit alors poster quinze hommes à chacune des cinq portes. Il les fit passer au fil des épées et n'en laissa aucun vivant. »

Les récits qu'il avait entendus sur les richesses du Pérou le firent rêver, sur le conseil de Charles Quint, avec une flotte de douze bateaux, cinq cents hommes, trois cents chevaux, des suivants indiens, cette armée était la plus importante jamais débarquée sur le continent.

C'était un chef torturé et toujours insatisfait. Malgré les conseils de son guide indien, connaissant la région qui était dangereuse en cette saison lui déconseilla fortement cette expédition qui dans l'immédiat était un suicide, son orgueil en décida autrement.

Une fois sur la terre ferme, il se dirigea directement en ligne droite en direction de Cuzco malgré la période de l'année qui était défavorable. Le guide les abandonna craignant pour sa propre vie. Alvarado, par fierté, décida de poursuivre son chemin coûte que coûte. Ce fut un véritable chemin de croix, l'avenir doré qu'on leur avait promis se transforma vite en cauchemar. Il plut durant des dizaines de jours et la progression était très lente à travers l'épaisse forêt, la montagne, le froid devenant de plus en plus présent. La faim venant compléter les réjouissances et les espoirs de richesses étaient bien les dernières préoccupations de ces soudards pourtant habitués à souffrir en silence. Quand la neige arriva, on commença à égorger des chevaux, les Indiens nus et affamés mouraient par centaines. Lorsqu'un homme tombait, il était dévoré sur le champ, les Espagnols mangeaient en priorité. L'orgueil de ce chef était sans limites et le calvaire de ses hommes lui importait peu. Droit sur son cheval, la situation de son armée n'avait que peu d'importance, la seule préoccupation était de se rapprocher de l'or et de la gloire. Certains matins, des soldats refusaient d'aller plus loin et restaient prostrés contre le cadavre de leur cheval. On se débarrassa vite des armures en acier car ce métal diffusait le froid dans tout le corps. Seule la vermine était l'unique élément vivant encore dans chaque soldat et la démangeaison la seule preuve que l'on était encore vivant.

Deux mille Indiens trouvèrent la mort, il restait trois cents hommes et deux cents chevaux, mais dans état de délabrement extrême.

Il se produisit un hasard que certains appelleront miracle. Une trace de sabot fut aperçue sur le sol désespérément vide depuis longtemps. En peu de temps, Almagro fut prévenu de l'arrivée d'Avarado et c'est avec surprise qu'il découvrit une petite armée d'hommes maigres se traînant péniblement, donnant l'impression d'être les survivants d'une guerre harassante et cruelle. C'est avec une satisfaction extrême qu'Almagro profita de la situation pour prendre l'avantage, il fit distribuer des vivres et de l'alcool à ces soldats démotivés, ils se mélangèrent aux hommes de Francisco et fraternisèrent.

Alvarado sut à ce moment qu'il avait perdu la partie. Almagro lui proposa aussitôt un troc lamentable qu'il acceptât, il lui donnait de l'or pour acheter son armée, ses armes et ses bateaux. Le lendemain, ce conquistador fier et sans peur repartait seul, laissant ses rêves derrière lui. Il était venu pour conquérir une partie du monde et il repartait avec un peu d'argent de poche. Il s'était aventuré dans des montagnes dangereuses sans préparation et avait payé comptant son orgueil.

La conquête est-elle sans fin ?

Ayant appris la lamentable épopée d'Alvarado, Francisco devait maintenant asseoir son empire, il allait bientôt avoir les désagréments qui l'accompagnent.

Être un chef de guerre demande des qualités différentes de celle d'un roi en temps de paix. Les tueurs, les violeurs, les pilleurs d'hier sauraient-ils devenir les exploitants de son empire ? Saurait-il gérer l'après ? Une fois récoltée une pluie d'or, ses hommes pourraient-ils vivre comme des humains ? Planter des céréales, élever du bétail, établir une société prospère ou continuer à faire la guerre contre le seul ennemi qui leur restait : eux-mêmes. Mais ces hommes ne savaient faire qu'une seule chose, détruire. Tant que le monde ne sera pas redevenu poussière, les hommes ne seront pas en paix avec eux-mêmes.

Le début de la fin

Almagro, se trouvant à Cuzco, voulut être maître de la ville, mais les notables de la ville refusèrent de lui obéir. Les frères de Francisco, Juan et Gonzalo prirent peur et partagèrent la ville en deux. La situation devint bientôt intenable, c'est alors que Francisco arriva. Les deux protagonistes se retirèrent dans l'église Santo Domingo et après une fervente prière, on parla politique. On partagerait tout comme convenu au début, mais la décision de Charles Quint faisait loi et la victoire militaire appartenait uniquement à Francisco. Il fut décidé qu'Almagro serait gouverneur du Chili et si sa conquête n'était pas assez fructueuse, il partagerait le Pérou avec lui. Francisco était maintenant un politique aguerri et il avait le pouvoir absolu. Les soldats venus avec Alvarado voulaient leur part de richesses et furent tous volontaires, trois mille Indiens se joignirent à la troupe. Si la saison était meilleure, le passage de la cordillère fut un désastre et quatre mille morts, ce fut le tribut à payer. Enfin arrivés au Chili, la déception fut terrible, car de l'or il n'y en avait pas, c'était une terre pauvre. Même les tombes ne recelaient que des squelettes et des morceaux de bois. Ces conquérants de pacotilles furent pris d'une haine terrible et décidèrent de revenir sur leurs pas et de prendre Cuzco par les armes.

Bien après, d'autres Espagnols exploiteront cette terre ingrate et finiront par faire pousser des céréales, la terre y est aussi pauvre qu'en Espagne, mais ici on exploite toutes les surfaces que le regard peut embrasser. Le Chili finira par devenir une véritable puissance. Ce sera la victoire des cultivateurs sur les soldats. Bien plus tard, le Chili envahira le Pérou.

La révolte est dans la logique

Ce fut le grand prêtre Villac qui fomenta le soulèvement. La profanation des temples était pour lui un outrage irréparable. La révolte commença par le massacre d'Espagnols solitaires qui exploitaient des terres, avaient tourné la page de la guerre et commencé une nouvelle vie. Cela se poursuivit par le massacre de soldats isolés, puis une autre attaque et une autre encore, les soldats durent se regrouper. Quand Hernando arriva à Cuzco, un climat de tension extrême alourdissait l'atmosphère et il avait du mal à respirer. Les rues étaient de plus en plus désertes, on avait l'impression que la ville se dépeuplait.

L'Inca Manco Capac, qui était censé représenter le pouvoir de Charles Quint sur son peuple, connaissant l'amour inconsidéré des Espagnols pour l'or, proposa de faire un cadeau royal pour le roi d'Espagne afin de confirmer son attachement à la couronne. Il parla d'une statue en or. Quand les Espagnols lui demandèrent la taille de cette statue, l'Inca décrivit la taille humaine. Hernando bien que d'un naturel méfiant, se laissa entraîner par la magie de l'or et le laissa partir sans escorte espagnole. Quand il se rendit compte de sa bêtise, Manco Capac et le grand prêtre étaient introuvables. L'Inca se réfugia dans la montagne d'où il mena une campagne de soulèvement de tout le pays contre les Espagnols. Non contents de les dépouiller de toutes leurs richesses, ceux-ci voulaient les réduire en esclavage et leur imposer leur Dieu. Il fallait leur faire une guerre totale. Il prendrait la tête de cette révolte et la guerre ne s'arrêtera qu'au départ du dernier espagnol.

L'Inca médita sur la supériorité de l'ennemi et sur sa fragilité. L'animal qui faisait rêver les Indiens était le cheval, il fallait donc s'en procurer. Lors d'une embuscade, deux Espagnols isolés furent capturés avec leurs chevaux. Un marché fut conclu, la vie sauve contre un apprentissage complet de l'usage du cheval. L'Inca voulait tout comprendre sur cet animal étrange qui faisait si peur et était presque divin. Il apprit à trotter, tomba, remonta, galopa, tomba, remonta et finit par le maîtriser. Il apprit à le nourrir et à s'en occuper. Il montait dès le matin et brossait son cheval avec amour. Pour bien marquer la différence avec les Espagnols, il respecta sa parole et rendit la liberté à celui qui lui avait fait découvrir les secrets du cheval. Il se procura d'autres chevaux, ce ne seraient plus des adversaires mais des alliés.

Bientôt, l'Inca qui était devenu en peu de temps un chef de guerre à la tête de plusieurs milliers d'Indiens investit les rues de Cuzco en groupes organisés et rapides. Les Espagnols affolés durent fuir devant cet océan humain. Une attaque fut lancée sur la forteresse, ses défenseurs furent vite submergés. Les Espagnols se replièrent en catastrophe sur la grande place. Ils essayèrent une charge de cavalerie mais la peur des chevaux chez les Indiens avait disparu. Ils réussirent à fendre la foule mais la foule se referma et les chevaux gênés par cette marée humaine furent paniqués. Des sauvages enveloppèrent plusieurs cavaliers avec leurs chevaux, ils décapitèrent hommes et bêtes, on les démembra et les morceaux furent jetés dans la foule. La domination et la cruauté espagnoles avaient maintenant leurs équivalents.

Hernando, par un sursaut d'orgueil, réunit ses hommes et leur promit la vie, la mort et l'éternité. La vie d'un Espagnol valait bien plus que ça.

Étant dépassés les Espagnols trouvèrent refuge dans le temple du soleil qu'ils avaient pillé bien avant. Les Indiens contrairement à leurs ennemis voulaient une victoire propre, non vulgaire. Ce fut une funeste erreur, à la guerre tout est permis et toute vilenie qui pouvait vous donner l'avantage était bonne à prendre. Le vieux continent avait plusieurs siècles d'avance sur l'art de la guerre, c'était devenu un art de vivre, mais aussi de mourir.

Les Espagnols profitèrent de la nuit pour reprendre l'avantage. Le code de l'honneur voulait qu'on ne fasse pas la guerre la nuit. Ils en profitèrent pour investir les abords de la citadelle et au petit jour, l'attaque aussi brutale que sauvage fut lancée. Les Indiens résistèrent à la ruée des Espagnols et c'est une pluie de pierres qui reçut les assaillants, ils durent reculer en laissant des morts derrière eux.

Ne pouvant vaincre de façon loyale, tout devait être tenté pour dominer la situation. La guerre était la guerre et tous les moyens étaient bons. On profita de la nuit pour contourner la citadelle et approcher la forteresse. L'assaut de la dernière chance fut sanglant, avec beaucoup de morts et de peine, les Espagnols dont c'était le métier eurent, au prix de nombreuses victimes, la victoire. Les Indiens n'ayant pas l'habitude de combats si terribles cédèrent les premiers, ils entreprirent alors le siège de la ville. Ce siège dura plusieurs semaines et soudain, les Indiens bien que certains de gagner le combat abandonnèrent la partie et en peu de temps, il n'y eut plus personne. L'armée inca était une armée de paysans et au printemps, il fallait s'occuper de la terre si on voulait manger.

Manco Capac voulait être un Inca pour tout son peuple, il avait trouvé refuge dans une forteresse non loin de Cuzco. Les Indiens ayant tout perdu par la présence des Espagnols, ils venaient faire allégeance et offrir leur vie.

Francisco, inquiet envoya cent hommes depuis lima pour se renseigner sur la situation, ils furent tués et achevés à coups de pierres. Une petite armée, commandée par un capitaine ami de Francisco depuis la campagne d'Italie, fut défaite, lui démembré, quelques survivants épouvantés en réchappèrent.

Il envoya enfin un ancien officier expérimenté Francisco de Godoy pour rétablir l'ordre, qui ayant entendu les récits des rescapés fit demi-tour rapidement. La situation voulait que l'on soit économe avec la vie des soldats qui risquait de manquer prochainement. C'est un véritable appel au secours que lança Francisco vers l'Espagne.

À Lima, on n'avait rien su de l'attaque de Cuzco, ils étaient séparés par des montagnes, une forêt infranchissable, des rivières et des pluies incessantes.

La chance aurait-elle tourné ?

Hernando, à la tête de quatre-vingts cavaliers, décida de contre-attaquer. De bon matin, par une journée qui s'annonçait douce et ensoleillée il pressait l'allure pour en découdre avec cet Inca qui avait l'impudence de lui apprendre l'art de la guerre. Il comptait affronter les Indiens sur ce terrain plat. Ce serait l'idéal pour une charge héroïque de cavalerie et la différence du nombre de belligérants dans chaque camp avait alors peu d'importance.

Hernando, voulant prouver sa bravoure précédait sa troupe de trois cents mètres environ, lorsqu'il fut vu de la citadelle, il demanda à son cheval d'accélérer. Celui-ci glissa sur le sol argileux, il s'arrêta pour évaluer la meilleure façon de prendre ce bastion. Cette citadelle ressemblait à un escalier qui sortait de la montagne. Il pensait que l'artillerie viendrait rapidement à bout des quelques défenses dérisoires qui faisaient face à la plaine.

Il était encore dans ses réflexions quand il vit au loin un cavalier s'écrouler. Il s'aperçut que ses hommes étaient en désordre. Il rejoignit sa troupe, mais il eut une étrange sensation, plus il voulait aller vite, plus il ralentissait et plus cela glissait. Quand il atteignit les autres c cavaliers, les chevaux pataugeaient dans une boue collante et glissante.

Manco Capac venait de faire ouvrir les vannes d'irrigation, les Espagnols se trouvant au centre des cultures agricoles étaient bloqués dans leur progression et étaient à la merci de l'ennemi. Les Indiens se montrèrent alors, ils étaient tapis dans les champs de maïs proches. Ils bloquaient les jambes des chevaux avec des cordes et les poussaient à coup de lance, les bêtes se couchaient sur le flanc, se brisant les os. Les cavaliers se trouvaient coincés et à la merci des Indiens qui les achevaient à la hache. Les Espagnols cherchaient plus à fuir qu'à se battre, ils étaient paniqués et donnaient des coups d'épée dans l'air sans toucher personne. La surprise était totale, presque irréelle, mais le miracle qui s'ensuivit dépassait l'entendement.

Manco Capac apparut, il était à cheval avec une épée et un casque. Hernando, regarda l'Inca et vit toute la haine d'un peuple qui se réveillait.

La bataille se poursuivait, l'Inca prit sa part de tuerie, il coupa la tête d'un Espagnol et le bras d'un autre. Quand un Espagnol s'empêtrait dans la boue, il était aussitôt tué à coup de lance. Les cavaliers réussirent à se rassembler et partirent comme ils purent, souvent à côté de leur cheval, la retraite fut lamentable et les fiers conquistadors offraient un spectacle peu reluisante.

L'Inca en regardant s'éloigner ces cruels étrangers fut soudain pris d'un vertige étrange. Serait-il capable de changer le cours des choses, mais surtout de gérer la victoire comme la défaite ?

La fin est proche

Francisco se trouve à Lima. Ayant appris la défaite humiliante de ses troupes face à l'Inca, il fait le point sur son parcourt. Un petit bâtard ignoré de son père, qui a sa statue sur la place centrale de son village de Trujillo, mais également sur celle de Lima. Si sa vie se résume à cela, il est comblé. Des souvenirs d'enfance lui reviennent en mémoire, lui qui n'a jamais été jeune.

C'est maintenant une véritable armée qui entoure Lima mais Francisco n'abandonne jamais, il sait que Jésus est à ses côtés, il attend un miracle, peut-il se produire deux fois ?

Il exalte ses troupes qui, avec les nouvelles arrivant, n'ont pas un moral au beau fixe. Tout est fait pour se défendre jusqu'au dernier.

Les troupes ennemies descendent des collines en ordre militaire conscientes de l'importance du moment. L'ordre d'attaquer est donné et l'armée se rue dans le combat qui sera peut-être la défaite définitive des Espagnols.

Soudain, tout bascule, une lance vient de transpercer la poitrine de l'Inca, un long filet de sang s'écoule lentement et l'armée qui devait écraser les étrangers est brisée par le découragement. Ce sont les auxiliaires indiens des Espagnols, qui ont une haine viscérale des Incas qui poursuivent alors cette armée démotivée. Francisco chargea Alvarado à la tête de cinq cents soldats de poursuivre et d'anéantir définitivement ces patriotes d'opérette. Celui-ci en profita pour piller les villages rencontrés, c'était une maigre consolation face aux espoirs de fortune et de gloire du début. Cela dura cinq mois, il en profita pour pacifier quelques terres environnantes, il fallait bien prendre ce qui était à sa mesure.

Qui va à la chasse perd sa place

Almagro, profitant du départ de Francisco pour Lima, en profita pour prendre le pouvoir à Cuzco. En imitant Francisco, pour asseoir sa légitimité, comme s'il s'agissait là d'une farce de plus, désignât un nouvel Inca, personne n'y crut.

Jusqu'à maintenant, Almagro avait fait ses preuves dans les taches d'intendance : l'approvisionnement en navires, en armes, en hommes et en vivres. Jamais il n'avait fait de conquêtes aux côtés de son allié.

Une jalousie perfide s'était installée dans tout son être, il voulait régner sans partage (on est trahis que par les siens). Dans un premier temps, il devait affaiblir Francisco. Il avait appris qu'Alvarado était à la tête de troupes fraîches pour poursuivre l'armée de l'Inca en déroute. Ayant réussi à le joindre, il lui proposa une alliance, à sa grande surprise, celui-ci resta fidèle à Francisco.

Francisco s'était toujours méfié d'Almagro, qui comme lui était un bâtard et il connaissait la boulimie d'honneurs dont il avait besoin pour faire oublier sa condition. Le principal souci était maintenant d'anéantir Alvarado qui était l'obstacle le séparant de Francisco.

Lorsqu'Alvarado apprit la prise de pouvoir d'Almagro, il avertit Francisco et se retrancha à une lieue de Cuzco pour se préparer à la prise de la ville.

Almagro ne pouvait attendre l'arrivée de Francisco et décida de commencer le combat sachant que l'armée d'Alvarado était épuisée par un voyage long et pénible.

On se battit depuis le matin jusqu'au lendemain. Il faisait froid la nuit, les hommes grelottaient, les chevaux harassés ne voulaient plus répondre à leurs cavaliers. Au petit matin, la victoire incertaine fut échue à Almagro, c'était le froid et la fatigue qui avaient départagé les combattants.

À la suite de cette victoire, Almagro devint arrogant et hautain, c'était un excellent chef de guerre mais un piètre politique, il aurait pu profiter de cette victoire et attaquer Francisco qui sans l'armée d'Alvarado se trouvait vulnérable.

Quand Francisco apprit la trahison d'Almagro, il fut surpris, mais en même temps soulagé, ce qu'il redoutait depuis longtemps venait d'arriver. Il s'ennuyait dans une fonction de monarque absolu et le fait de se retrouver en position d'infériorité était un nouveau défi. Il avait envoyé Almagro conquérir le Chili, espérant se débarrasser de lui, celui-ci était revenu plein de rancœur et décidé à s'approprier un monde conquis par d'autres.

Quand il apprit l'attaque et la défaite d'Alvarado, il s'indigna, il se souvint du serment de fidélité réciproque.

C'était une double trahison, face à Dieu et face au roi. Il décida de reprendre Cuzco même au prix de sa vie. Almagro par prudence avait fait emprisonner les frères de Francisco. Une tractation se fit par messager interposé. Le but premier de Francisco était de faire libérer ses frères, celui d'Almagro était de se faire plébisciter. Les deux partis désignèrent un négociateur en la personne de Ribera qui était connu des deux protagonistes. Ribera proposa la division des conquêtes entre les conquistadors ainsi que les territoires à venir. C'était une condition inacceptable pour des orgueilleux de leur espèce qui ne s'inclinaient plus que devant Dieu.

Ils avaient été : gardiens de cochons et valet en Espagne, mais ici ils avaient atteint des positions équivalentes aux rois les plus riches et au pouvoir absolu, seule la mort pouvait entraver leur position.

Almagro vint à la rencontre de Francisco à grand renfort de démonstration de force. À la tête de trois cents cavaliers et de fantassins, tenant Hernando enchaîné pour marquer sa puissance. Il voulait prouver sa supériorité dans la négociation.

Il fut convenu d'une rencontre des deux anciens associés. La rencontre se fit à Mala, dans un bâtiment inca, qui se trouve relativement éloigné de Cuzco, Almagro craignant que Francisco n'en profite pour faire la jonction avec ses partisans. Pour cela, la petite armée avait dû franchir la Cordillère dans des conditions éprouvantes pour des soldats en armure. Il faisait froid et l'attente de Francisco lui permit de faire un point sur la trahison de son ancien ami. Quand ils furent seuls et face à face, ils se détendirent et se laissèrent aller à des confidences. Almagro prit la parole et à voix basse s'épancha sur leur condition : « à cinquante ans, on est déjà vieux, on n'entreprend plus rien, les couronnes ne vont que sur les tombes ou sur la tête des rois ». Almagro se remit à parler, raconta sa vie d'autrefois, il relata son existence nonchalante quand il était à Panama. « La vie me plaisait, je ne faisais rien, je mangeais des poissons et des fruits. Les gens étaient gentils, les filles peu farouches et jolies, bref, c'était le paradis sur terre. Si je veux que l'on se souvienne de moi, c'est maintenant que je dois agir ». Francisco, avec une humilité fausse, lui répondit : « Je suis un soldat comme toi, je n'ai que le résultat de mes actions. Tu es un brave soldat, mais comme moi, ta condition d'origine reste la même malgré les richesses que nous avons accumulées. Cette fausse humilité était faite pour blesser. Tes combats ont eu comme résultat la gloire, tu gouvernes un territoire qui t'a été alloué par le roi lui-même » Almagro se sentit soudain fragilisé par les paroles bienveillantes. Francisco en politique accompli qu'il était devenu, voulu profiter de l'avantage pour lancer une pique à son ami retrouvé. « Ceux qui réussissent ne sont peut-être pas ceux qui le devraient. Que cherche-t-on, de l'or ? Une fois trouvé, on s'aperçoit que l'on est toujours insatisfait. Ce qui nous manque vraiment, c'est ce que l'on n'a pas. On est envieux de tout, ce n'est pas à notre âge que l'on peut refaire notre éducation, notre condition est ancrée pour toujours. »

Francisco quitta la réunion avec une amertume qu'il n'avait jamais éprouvée, il était arrivé à un tournant de sa vie où un détachement était arrivé soudain et rien n'avait plus d'importance. Il avait accompli ce qu'il devait et maintenant que lui restait-il à prouver. Les deux compères se séparèrent sans prendre une décision. Les négociations reprirent avec comme juge un moine envoyé par Madrid afin de ramener la paix. Ce moine, Bobadilla exigeait de pouvoir imposer sa sentence. L'accord trouvé avantageait Francisco, celui-ci était le préféré de Charles Quint, car le seul ayant vraiment un sens politique raisonné. Voyant la tournure des événements. Ils signèrent tous les deux, le roi pouvait si l'envie lui en prenait d'envoyer un autre gouverneur.

Almagro devait céder Cuzco et libérer Hernando. Francisco devait fournir un navire à son ancien associé pour qu'il puisse explorer les régions du sud.

Pour Almagro, c'était une défaite sans précédent, s'il avait cédé un peu vite c'était la fatigue du voyage qui lui avait enlevé toute volonté.

De retour à Cuzco, les proches d'Almagro lui reprochèrent sa lâcheté, ils n'avaient pas l'intention de se retirer sur les pauvres terres du sud, pour bien marquer le désaccord, il fallait décapiter Hernando.

Almagro, malgré l'humiliation de la sentence qui lui disait : « va-t'en » voulait maintenant jouir de plaisirs simples, il voulait la paix, le confort. Il se contenterait d'une partie du Pérou, s'en était fini du rêve de grandeur, il voulait qu'on lui fiche la paix. Il avait l'intention de profiter de ses conquêtes avant que le diable ne l'emporte. Il voulait prendre sa retraite, mais pas à n'importe quel prix.

Pour Francisco c'était différent : il voulait tout, tout ce qu'il était possible de posséder il le voulait. On partage un gâteau, pas un fruit. Il voulait une victoire complète.

Allant contre la volonté de ses partisans, Almagro libérant Hernando croyait œuvrer pour la paix, il donnait le départ de la guerre.

Le destin doit s'accomplir

Une poignée d'hommes se disputaient un empire dont ils ne parlaient même pas la langue. C'est une universalité, les envahisseurs, les premières victoires obtenues se retournent les uns contre les autres, il faut bien continuer ce que l'on sait faire. Hernando selon l'accord devait rentrer en Espagne. Francisco targua qu'il se sentait vieux et fatigué, pour faire face à un travail pénible et dangereux, se faire seconder par son frère beaucoup plus jeune était une sécurité.

Le froid et la neige qui de toutes époques avaient vaincu bien des armées, une fois de plus firent leurs œuvres. Une course pour regagner Cuzco pour Almagro et Hernando qui voulait se venger d'avoir été enchaîné, tourna à l'avantage de celui qui connaissait mieux la cordillère des Andes. Pour parvenir le premier dans Cuzco, Almagro fit courir des risques à sa troupe et les séquelles en hommes et en chevaux furent terribles. Elles pèseront lors de la facture finale.

Le conseiller d'Almagro eut une idée de génie, au lieu de rentrer à Cuzco, il fallait s'emparer de Francisco qui se trouvait à Lima sans défense. Prendre le chef découragerait son armée. Cuzco et Hernando ne seraient plus qu'à cueillir comme un fruit mûr. L'idée était géniale mais les partisans eurent peur de tout perdre et finalement on se précipita pour défendre Cuzco.

Le dénouement est proche

Finalement, il fut décidé de rentrer à Cuzco. Le chemin de retour était considéré par les soldats d'Almagro comme un échec et bon nombre d'entre eux désertèrent, ils avaient maintenant peur d'être commandés par un chef qui ne croyait pas lui-même en ses décisions. Enfin, on atteignit Cuzco, les hommes étaient contents de rentrer chez eux. Une chasse aux partisans de Francisco s'organisa, les plus radicaux furent mis au cachot, Almagro promettait aux partisans de Francisco tout ce qu'il pouvait : des terres, des titres, des richesses. (On n'est pas pressé à rejoindre un chef qui se déplace avec des béquilles.)

Hernando décida de marcher sur Cuzco sans attendre. En chef de guerre accompli, il savait agir vite, bien et sans regret. Il emprunta des voies difficiles mais directes, connaissant bien le terrain. La préparation d'Almagro était sommaire, voulant reproduire la confrontation d'avec Alvarado, il décida d'attendre Hernando devant Cuzco afin de ne pas laisser les troupes de celui-ci souffler suite au long voyage qu'ils venaient d'accomplir.

Le nombre n'était pas à l'avantage d'Almagro, son armée de quatre cents hommes devait faire face à sept cents hommes fatigués mais déterminés.

Spectacle vivant

Des milliers d'Indiens étaient venus assister à affrontement de deux armées qui, il y a peu de temps, les avaient massacrés et pillés. Ils étaient assis sur les gradins naturels que formaient les collines alentour. Ils allaient assister à un spectacle extraordinaire, les chrétiens, après avoir pillé l'Empire Inca, allaient s'entre-tuer sur ses ruines.

Dès le premier assaut, les soldats d'Almagro reculent, affolés, plusieurs partisans d'Almagro fuient alors que le combat ne fait que commencer. Les spectateurs sont déçus et haranguent leur favori respectif. Les soldats se reprennent et dans un effort ultime repoussent l'ennemi. Les soldats de Francisco occupent les collines et font des morts parmi l'assistance venue soutenir leur équipe, il y a là, des enfants, des femmes, des paysans qui ont laissé le travail des champs pour assister à l'accomplissement de la prophétie. L'affrontement dura peu de temps et le capitaine de l'armée d'Almagro voyant la déroute de ses hommes, les encourage comme il peut, il donne des coups d'épée désordonnés et soudain une lance le frappe et avec le peu de force qui lui reste s'écrit alors : « Je donne mon épée au gentilhomme qui en sera digne et qui me respectera ». Un compagnon de Francisco de la première heure s'empare de celle-ci et lui tranche la tête d'un mouvement de poignet qui lui est maintenant familier. Il jette la tête dans enchevêtrement de cadavres et de sang. C'est alors la débandade du clan Almagro.

La chasse aux chevaux est ouverte, les blessés qui tiennent difficilement sur leur monture sont mis à terre et souvent deux fantassins prennent leur place afin de fuir ce lieu de cauchemar. La poursuite des fuyards dura plusieurs heures. On déshabilla les morts mais aussi les blessés et tout ce qui avait de la valeur était dérobé.

Les spectateurs indiens, qui avaient assisté avec satisfaction à ce divertissement voulurent aussi tirer bénéfice de la situation. Des collines où ils se tenaient, ils dévalèrent sur les cadavres, les blessés et ce qui avait été oublié par les Espagnols étaient consciencieusement nettoyés. Ils s'emparèrent des armes, des vêtements, des sous-vêtements. Ils déshabillèrent même les blessés, qui se retrouvèrent nus durant la nuit, moururent de froid.

La prophétie s'accomplit

Almagro s'était réfugié à Cuzco dans une des tours de la forteresse. Cuzco fut livrée au pillage une fois de plus. Les trésors changèrent encore de mains. Les vainqueurs s'entre-tuèrent encore et encore. De peur de voir se rebeller les partisans d'Almagro tenter un soulèvement, sous le commandement de capitaines de Francisco, on les envoya décharger leur rancœur en faisant reculer les limites de l'empire avec la permission de tuer qui ils voulaient.

Hernando eut la chance d'enfermer Almagro dans le même cachot et avec les mêmes chaînes qui lui avaient été dévolues il y a peu de temps. Ce fut pour lui un plaisir immense et il ne voulait pas qu'il meure de suite, il lui fit porter une nourriture abondante et riche pour le remettre sur pied. Il voulait se délecter de la déchéance morale de son ennemi. Il alterna la promesse de sa libération avec des reproches de trahison qui ne pouvaient le conduire qu'à la mort.

Il voulait agir dans la légalité afin d'être irréprochable face à Charles Quint.

Une instruction rigoureuse fut menée afin de se conformer à la loi espagnole. Il fallait faire vite car Hernando connaissant l'amitié de son frère avec Almagro, craignait que celui-ci eut de la mansuétude et lui épargne la vie. Ce fut un moine qui vint annoncer la sentence. Hernando ne pouvait digérer l'outrage des chaînes et du cachot, seule la mort avait cette faculté. Almagro demanda à voir Hernando, celui-ci accourut avec plaisir et lui expliqua : « pour la paix, il n'y a pas d'autre solution ». Il dit à Hernando qu'un jour il aurait à regretter cette décision. En effet, à son retour en Espagne, les partisans d'Almagro lui firent un procès car seul le roi avait le pouvoir de le condamner à mort. Il purgea une peine de dix-neuf ans de prison et quand il sortit, il continua sa vie de jouisseur. À sa sortie de prison, il se fit construire dans sa ville natale un palais sur la grande place afin que tous puissent admirer sa réussite admirable.

L'exécution se fit dans la précipitation, Hernando tenait à sa vengeance, sa seule crainte était l'arrivée de Francisco. Un prêtre écouta sa dernière confession, Almagro demanda d'écrire son testament, il désigna le roi d'Espagne comme son successeur, espérant ainsi créer le trouble dans le commandement de Cuzco. Enfin, on plaça une lanière de cuir autour de son cou et on serra, les yeux restèrent immobiles, fixes, gonflèrent. Le condamné s'écroula lentement. La fin d'une époque venait de se terminer.

Place aux jeunes

Deux jours plus tard, lorsque Francisco apprit la mort de celui qui fut son ennemi et en même temps son meilleur ami, le seul qui le comprenait et qu'il comprenait car ils étaient faits tous deux du même bois noueux et sec, soudain une angoisse le submergea. Ils avaient fait leur temps tous les deux, il redoutait ce jour où il n'y aurait plus rien à conquérir. Il restait cependant le seul homme régnant sur l'empire du soleil. Comme tous les tyrans et despotes, il traversa le pays habité par un peuple misérable, écoutant distraitement les doléances de ses sujets, il était maintenant devenu l'égal des rois occidentaux.

On finit toujours par payer ses dettes

Tout était calme, trop calme, c'était le calme avant la tempête. Les partisans d'Almagro ruminaient leur vengeance patiemment. Leurs avantages avaient été réduits et l'exécution de leur capitaine par Hernando ne pouvait émaner que de Francisco. C'était pendant midi, le soleil incitait les hommes à l'indolence plutôt qu'à la violence. L'air était frais dans le palais, soudain une dizaine d'hommes troublèrent la quiétude du moment en traversant la place en criant. Deux Indiens qui se trouvaient là s'écartèrent choqués par tant de fureur. Francisco étant en train de manger avec ses proches fut interloqué par tant de bruit, il donna l'ordre de fermer la porte de la salle. L'homme de confiance de Francisco qui espérait une récompense des conjurés rouvrit la porte et se trouva face aux hommes qui l'avaient sollicité. En guise de salaire, il reçut un coup d'épée qui lui ouvrit la gorge.

Les invités qui ne pourraient même pas prendre le dessert, comprenant ce qui se passait, s'ébrouèrent dans la salle, la seule sortie possible était la fenêtre. À la réception de leurs chutes, la terre ameublie par l'entretien des jardins leur permit de s'enfuir sans encombre.

Francisco, une fois la surprise passée jaugea la situation, il retrouva alors sa jeunesse, il n'y avait plus rien à conquérir et c'est avec entrain qu'il se lança dans la mêlée sachant que c'était sûrement son dernier combat. C'était presque une jouissance de finir l'épée à la main. Son frère Martin et un autre fidèle vinrent lui prêter main-forte. Avec l'énergie du désespoir, ils parvinrent un moment à repousser les assaillants surpris par cette réaction inattendue.

Francisco voulait vivre encore et encore, profiter et jouir sans honte de son royaume. Soudain, son frère s'écroula doucement après avoir reçu un coup d'épée dans le ventre qui lui laissa comme une fleur sur son habit de soie. Les agresseurs un instant déstabilisés se ressaisirent et se jetèrent sur leur ennemi.

Francisco était blessé mais cela ne se voyait pas, il se battait avec ardeur et l'entreprise n'était pas encore réussie. Les conjurés ne comprenaient pas qu'ils ne viennent pas à bout d'un vieillard de soixante-cinq ans. Mais il trébuchât sur le corps d'un mort et on en profita pour le larder de coups d'épée.

Le silence se fit, la page d'une époque venait de se tourner, sans gourou à adorer ou à détester. Le temps de la conquête était terminé, il n'y avait plus rien à se partager comme butin, ce serait maintenant leur travail et leur imagination qui leur apporteraient la richesse, fini l'argent facile.

Épilogue

Les États andins possèdent aujourd'hui des ressources minières autres que l'or et des richesses touristiques qui en font un pays d'avenir pour les amoureux de la nature sauvage. Le témoignage des Espagnols à cette contribution est la statue équestre de Francisco Pizarro et les églises construites à la gloire d'un Dieu qui finalement a su séduire ce peuple simple et authentique. Sur la place des églises, les Indiens vendent des brochettes d'abats dont la qualité ne vaut pas le voyage. Il faut bien profiter des touristes, c'est une petite contrepartie au pillage perpétré par les étrangers à leur égard.

La sainte violence existe toujours et prospère encore et encore. On ne tire pas de leçons sur les rêves impérieux de gloire et de richesse, surtout si votre situation ne vous y prédestine pas. C'est une constante de toujours détruire une civilisation pour en construire une à la gloire du dictateur à la mode.

L'illusion de se croire détenteur de la seule vérité et d'avoir assez d'ego pour se persuader d'être l'homme providentiel a toujours fait beaucoup de morts. Certains profiteront de la crédulité des esprits faibles. Si cette énergie et cet argent avaient été employés pour construire une civilisation de paix et de justice, ça se saurait. Les progrès humains ne concernent que la technique, pas la conscience.

Imprimé en Allemagne
Achevé d'imprimer en septembre 2022
Dépôt légal : septembre 2022

Pour

Le Lys Bleu Éditions
40, rue du Louvre
75001 Paris

Ingram Content Group UK Ltd.
Milton Keynes UK
UKHW021918310523
422663UK00012B/991